L'AN MIL,

OPÉRA-COMIQUE EN UN ACTE,

Paroles de Mrs MÉLESVILLE et P. FOUCHER,

MUSIQUE DE M. GRISAR,

Représenté pour la première fois, sur le théâtre royal de l'Opéra-Comique
le 23 juin 1837.

PRIX : HUIT SOUS.

PARIS,

MORAIN, LIBRAIRE-EDITEUR.

au Cabinet Littéraire,

RUE DU FAUBOURG SAINT - MARTIN, N° 43,
AU COIN DU PASSAGE DE L'INDUSTRIE.

—

1837.

L'AN MIL,

OPÉRA-COMIQUE EN UN ACTE,

Paroles de Mrs MÉLESVILLE et P. FOUCHER,

MUSIQUE DE M. GRISAR,

représenté pour la première fois, sur le théâtre royal de l'Opéra-Comique le 23 juin 1837.

PRIX : HUIT SOUS.

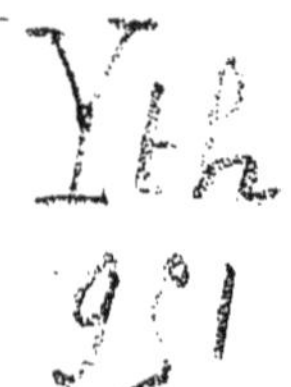

PARIS,

MORAIN, LIBRAIRE-ÉDITEUR.

au Cabinet Littéraire,

RUE DU FAUBOURG SAINT-MARTIN, N° 48,

AU COIN DU PASSAGE DE L'INDUSTRIE.

1837.

PERSONNAGES.   **ACTEURS.**

PERSONNAGES.	ACTEURS.
GODEFROY DE TANCARVILLE, châtelain,	MM. Roy.
RAOUL, jeune chevalier,	Jansenne.
DAGOBERT, majordome de Godefroy,	Fargueil.
LANDRY, serf de Godefroy,	Deslandes.
ELOI, autre serf,	Léon.
UN CAPITAINE des hommes-d'armes,	Prévost.
BLANCHE DE MAUNY, pupille de Godefroy,	Mesd. Rossi.
BERTHE, nièce de Dagobert,	Berthault.
Vassaux, Serfs, Soldats.	

La scène est au château de Tancarville, le 1er janvier de l'an mil après J.-C.

S'adresser, pour la mise en scène exacte de cet ouvrage, et pour tous les renseignemens y ayant rapport, tels que costumes, accessoires, plantation de décors, etc., etc.

CHEZ M. D'HARMEVILLE,

Correspondant des Théâtres, rue Montmartre, 170 ;

Quatre pages grand in-8°, avec dessins des costumes, plantation du décor, etc.   Prix net,   6 fr.

Imp. de J.-R. Meuvel, passage du Caire, 54. — Maillet.

L'AN MIL,

OPÉRA-COMIQUE EN UN ACTE.

Le théâtre représente une salle gothique du château de Tancarville, fermée au fond par de hautes fenêtres à vitraux. A droite du spectateur, une petite porte donnant sur une terrasse. A gauche, une table de chène, avec des escabeaux et un grand fauteuil en bois sculpté.

SCENE I.

BERTHE, LANDRY, ELOI.

Berthe est assise près de la table et travaille à la lueur d'une lampe. Landry est debout près d'elle. Eloi fait le guet. — Ils portent tous deux un costume grossier, la ceinture de cuir, les cheveux ronds et le collier de cuivre qui annonce les serfs.

TRIO.

BERTHE.	LANDRY.
L'horison se colore,	Non, ce n'est point l'aurore,
Landry, séparons-nous,	Berthe, rassurez-vous,
Voici venir l'aurore,	Ah! répétez encore
Eloignez-vous.	Ce mot si doux.

ELOI, *fesant sentinelle.*

L'horison se colore,
Allons, éloignons-nous,
L'amitié doit encore
Veiller sur vous.

BERTHE.

Si mon oncle le majordome,
Ici vous surprenait, hélas!..

LANDRY.

C'est vrai que c'est un terrible homme...

4

ÉLOI, à mi-voix.

Saint Mathieu!.. ne m'en parlez pas...
Pour les pauvres serfs qu'il assomine,
On dirait qu'il a deux cents bras!

LANDRY, à Berthe.

Près de toi je ne le crains pas!

ÉLOI, inquiet et regardant de tous côtés.

Moi non plus... je ne le crains pas;
Mais cependant... parlons plus bas.

<table>
<tr><td style="text-align:center">LANDRY.</td><td style="text-align:center">BERTHE.</td></tr>
<tr><td>Non, ce n'est point l'aurore, etc.</td><td>L'horison se colore, etc.</td></tr>
</table>

ÉLOI.

L'horison se colore, etc.

(Mouvement plus décidé.)

BERTHE.

Partez, partez, je vous en prie.

LANDRY.

Eh bien! tu vas être obéie...
Un baiser...

BERTHE.

Comment? un baiser...

LANDRY.

Tu ne peux refuser!

BERTHE, gravement.

Et la prophétie...
Ce serait un péché mortel.

LANDRY.

Un péché mortel!

BERTHE.

Gardons-nous d'offenser le ciel!

ÉLOI, se rapprochant.

Offenser le ciel!

BERTHE.

Un baiser! quand ce jour peut-être
Du monde sera le dernier!

LANDRY et ÉLOI.

Le dernier jour!

BERTHE.

Saint Jean, qui devait s'y connaître,
L'a dit... pouvez-vous l'oublier...

(D'un ton solennel.)
Oui, le premier jour de l'an mille,
De ce monde, hélas ! trop fragile,
« La lumière s'obscurcira,
» Puis la terre s'entr'ouvrira,
» Et l'univers disparaîtra... »

LANDRY, *riant.*

Quelle folie ! ah ! ah ! ah ! ah !

ÉLOI, *s'efforçant de rire.*

Quelle folie ! ah ! ah ! ah ! ah !

LANDRY, *de même.*

Vous croyez à ces contes là.

BERTHE.

Ne riez pas !

LANDRY, *riant plus fort.*

Ah ! ah ! ah ! ah !

ÉLOI, *inquiet.*

Ne ris donc pas, c'est inutile.

BERTHE.

Et le premier jour de l'an mille,
C'est aujourd'hui, nous y voilà !

ÉLOI, *tremblant*

C'est... c'est vrai... nous... nous y voilà !

ENSEMBLE.

LANDRY.	BERTHE *et* ÉLOI.
Ah ! ah ! ah ! ah !	Nous y voilà.

(Mouvement vif et gai.)

LANDRY.

C'est un faux présage,
Allons, calmez-vous,
Le monde, je gage,
Vivra plus que nous !
Ou, s'il faut qu'il meure,
Avant de partir,
Que sa dernière heure
Soit toute au plaisir !

(Il veut embrasser Berthe.)

ENSEMBLE.

ÉLOI.	BERTHE.
De ce noir présage	De ce noir présage
Je crains le courroux !	Craignons le courroux !

Un malheur, je gage,   Monsieur, soyez sage
Va fondre sur nous.   Ou c'est fait de nous.
Vers l'autre demeure,
S'il nous faut partir,
Que la dernière heure
Soit au repentir.

LANDRY.

C'est un faux présage, etc.

(A la fin de cet ensemble, Landry est au moment d'embrasser Berthe; Eloi a les bras ouverts pour l'arrêter; on entend la voix du majordome.)

DAGOBERT. Pas encore à l'ouvrage!..

BERTHE. Mon oncle.

ÉLOY, *pétrifié.* Le majordome!..

LANDRY. Ouf!..

Il se baisse et se trouve masqué par la table.

SCENE II.

Les Mêmes, DAGOBERT.

DAGOBERT. Par Saint-Julien... je leur apprendrai... (*Apercevant Éloy qui est resté les bras ouverts.*) Qu'est-ce que tu fais là, toi, le nez en l'air et les bras tendus?..

ÉLOY, *troublé.* Moi, maître Dagobert.... je.... je.... priais Dieu... pour vous... pour votre chère santé.

DAGOBERT, *brusquement.* Drôle!.. je ne suis pas ta dupe... tu rôdais autour de ma nièce...

ÉLOY. Moi?..

BERTHE. Je vous jure, mon oncle...

DAGOBERT. Vingt coups d'étrivières pour ce nouveau méfait...

ÉLOY. Vingt coups...

LANDRY, *caché et lui faisant signe de se taire.* Ne dis rien !.. je t'en tiendrai compte.

DAGOBERT, *les inscrivant sur son parchemin.* Tu les auras ce soir !.. (*A lui-même.*) Les voilà inscrits! si on n'avait pas un peu d'ordre, on ne s'y retrouverait plus...

ÉLOY, *à part.* Scélérat de Landry... je fais sentinelle pour lui... et c'est toujours moi qui suis pincé.

DAGOBERT. A la glèbe, paresseux... à la glèbe...

ÉLOY. A quoi bon !.. puisqu'on dit que la fin du monde.... c'est pour aujourd'hui...

DAGOBERT, *avec colère.* Ça n'est pas vrai... le monde est très bien comme il est !.. ce sont de mauvais sujets qui font courir ces bruits séditieux...

ÉLOY. Dam !.. c'est saint Jean qui a prédit que le premier jour de l'an mil !.. (*Avec un geste.*) fini !... si bien que ma pauvre grand'mère a été enchantée de mourir l'année dernière pour ne pas s'y trouver...

DAGOBERT. Et quand cela serait !.. est-ce une raison pour rester les bras croisés !.. Si ça tombait un dimanche, je ne dis pas !.. mais un vendredi, jour de mortifications ! tout ce que l'on peut faire pour vous... c'est d'ordonner un jeûne général...

ÉLOY, *se récriant.* Nous allons jeûner à présent...

DAGOBERT. Allons... à l'œuvre, drôle... et si je te revois ici avant l'heure du couvrefeu... je te fais passer la nuit à battre les fossés pour empêcher les grenouilles de réveiller monseigneur !..

ÉLOY, *à part, indigné.* Les grenouilles à présent !.. Dieu ! si on avait un peu de sang dans les veines !.. mais on en n'a pas !.. (*Regardant Landry en dessous.*) Ce Landry nous laisserait assommer... tant pis pour lui !.. c'est bien fait... là !.. je m'en vais...

Il sort.

SCENE III.

DAGOBERT, BERTHE, LANDRY, *caché.*

DAGOBERT, *à part.* Ces imbéciles !.. avec leur fin du monde... ils ébranleraient le courage le mieux affermi...

LANDRY, *bas à Berthe.* Comment m'échapper ?...

BERTHE, *à part.* Ne bouge pas...

DAGOBERT, *à sa nièce.* Qu'est-ce que tu fais donc là, Berthe ?..

BERTHE. Moi, mon oncle ?.. Vous vous portez bien ce matin, mon oncle ?..

DAGOBERT, *s'asseyant.* Comme ça... mon enfant... j'avais beaucoup d'arriéré avec nos serfs !.. j'ai voulu me mettre à jour !... j'ai le bras rompu.

LANDRY, *à part.* Que ne l'a-t-il paralysé !..

DAGOBERT, *à sa nièce.* Hein ?..

BERTHE. Je dis que c'est bien pénible pour vous, mon oncle, vous devriez aller vous reposer.

DAGOBERT. Impossible !.. j'attends le lever de monseigneur... il paraît qu'il se prépare quelque chose d'extraordinaire... car lui, qui ne peut souffrir les moines.., il a envoyé chercher le sous-prieur de saint Benoit...

BERTHE. Est-ce qu'il veut faire son testament...

DAGOBERT. Fi donc !.. il n'y pense pas !.. malgré ses soixante ans, sire Godefroy de Tancarville ne craint personne pour vider un broc de Beaugency, séduire les fillettes... rançonner ses voisins...

LANDRY, *à mi-voix.* Et détrousser les passans...

DAGOBERT, *croyant que c'est Berthe qui parle.* Ça !.. c'est une partie de nos revenus... le prêtre vit de l'autel... et le châtelain... des grandes routes. (*Baissant la voix.*) Mais je crois que ce moine vient plutôt pour sa pupille... la jeune et jolie Blanche de Manny...

BERTHE, *joignant les mains.* Sainte Vierge !.. est-ce qu'il voudrait toujours l'épouser ?

DAGOBERT. Pourquoi pas ?..

BERTHE, *à mi-voix.* Que le ciel la préserve !.. pauvre chère demoiselle... après tant de malheurs !.. perdre à la fois son père, qui était allé guerroyer en Terre-Sainte... et ce jeune cousin... ce jeune Raoul, son ami d'enfance qu'elle aimait tant... et qu'elle pleure tous les jours.

DAGOBERT. Un mari la consolerait...

BERTHE, *timidement.* Oui... mais pas un vieux...

LANDRY, *qui s'est rapproché de Berthe tout doucement et qui est masqué par elle.* Un mécréant !.. un débauché !..

DAGOBERT, *effrayé.* Voulez-vous bien vous taire, mademoiselle.

BERTHE, *faisant signe à Landry.* Je ne dis que ce que j'entends répéter, mon oncle.

DAGOBERT, *l'observant.* Ce sont d'infâmes calomnies... (*A part.*) C'est drôle... elle me parle toujours de l'autre côté... (*Haut et la guettant de l'œil.*) C'est votre mauvais sujet de Landry qui vous souffle ces idées là...

BERTHE. Je ne le vois plus, mon oncle.

LANDRY, *bas à Berthe et lui baisant la main.* Et ce rendez-vous que tu m'avais promis, Berthe ?..

DAGOBERT, *passant tout doucement de l'autre côté, tandis que Berthe et Landry se disputent à voix basse.* Monseigneur est le seigneur le plus accompli... le plus vertueux !.. et s'il a quelques peccadilles à se reprocher... il n'est pas le seul, corbleu !..

Il saisit Landry par l'oreille.

LANDRY, *criant.* Ah !.. là... là...

BERTHE. Ciel !..

DAGOBERT, *le tenant toujours.* Je t'y prends encore...

LANDRY, *se débattant.* Lâchez donc, maître Dagobert... quand vous m'aurez arraché l'oreille... vous serez obligé de la payer à monseigneur.

DAGOBERT. *furieux et le lâchant.* Double ribaud !.. larron !.. traître ! . scélérat !.. voilà comme tu es au travail !.. oser en conter à la nièce d'un majordome ! oser lui baiser la main... un serf... un vil esclave.

LANDRY. Ça n'empêche pas d'aimer... au contraire... (*Câlinant.*) Voyons, maître Dagobert, soyez gentil une fois dans votre vie... dites : Landry !.. tu aimes Berthe... eh bien ! prends-la... je te la donne.

DAGOBERT. Te la donner !..

BERTHE, *patelinant.* Mon cher oncle.

DAGOBERT, *hors de lui.* Jamais, effronté coquin... j'aimerais mieux la voir morte... et toi aussi !..

LANDRY. Bien obligé.

DAGOBERT. Ma nièce n'épousera qu'un homme libre.... et comme tu ne le seras jamais... je te défends de l'aimer... de la regarder.

LANDRY, *hors de lui.* Oui !.. je l'aimerai malgré vous...

DAGOBERT, *furieux.* Dix coups d'étrivières pour cette insolence !

LANDRY, *s'échauffant.* Je le lui dirai toute la journée...

DAGOBERT, *furieux.* Vingt coups !..

LANDRY. Je l'épouserai à votre nez...

DAGOBERT. Quarante !..

LANDRY. A votre barbe...

DAGOBERT. Soixante !..

BERTHE, *désolée, à Landry.* Qu'est-ce que tu fais donc ?

LANDRY, *exaspéré, criant et frappant sur la table.* Ça m'est égal.... plus y en aura, plus je serai content !... j'en appelle à monseigneur.

DAGOBERT, *levant le fouet pour le frapper.* Oui da...

LANDRY, *se courbant et criant à tue-tête.* A l'aide!.... au meurtre!..

SCENE IV.

Les Mêmes, SIRE GODEFROY, *sortant de son appartement.*

GODEFROY. Harni Dieu!.. quel vacarme!..

TOUS, *à mi-voix.* Monseigneur!..

GODEFROY. Par l'âme de mon père... j'ai cru que mon castel et ses huit grosses tours s'écroulaient sur moi!.. quel est le vassai assez hardi... pour oser éveiller son suzerain?..

LANDRY. Justice, monseigneur!..

DAGOBERT. C'est ce misérable serf... à qui j'ai promis soixante coups d'étrivières...

GODEFROY. Qu'on lui en donne cent... pour lui apprendre à réclamer!..

LANDRY. Comment!..

GODEFROY, *s'asseyant.* C'est bien!.. c'est jugé... (*A Dagobert.*) Qu'on m'apporte du vin...

LANDRY. Mais...

BERTHE, *bas.* Tais-toi donc... tu feras doubler la dose...

LANDRY, *à part, avec rage.* Dieu!.. et je ne me vengerai pas, (*Montrant Dagobert.*) de ce maudit renégat de majordome!... vieux loup-garou... vas!.. je ne sais ce que je ferais... il y a bien sa femme... la dame Honesta, qui me tape toujours sur les joues en disant : « Il est gentil, ce petit Landry ! » Il ne tiendrait qu'à moi... mais elle a près de cinquante... je ne suis pas assez vindicatif pour...

DAGOBERT, *qui a pris les ordres à voix basse de Godefroy.* Hors d'ici, vassal...

GODEFROY, *à Berthe.* Dites à Blanche que je veux lui parler·

BERTHE. Oui, monseigneur... (*Bas à Landry et tristement.*) Adieu, mon pauvre Landry...

LANDRY, *de même.* Adieu, Berthe...

BERTHE, *soupirant.* Cent coups d'étrivières.... ah!.. ça me fait un mal.....

LANDRY, *idem.* Ah! pas tant qu'à moi!..

        Il rencontre un regard de Godefroy et sort d'un côté, tandis que Berthe sort de l'autre. Un serf est entré et a posé près du baron un plateau sur lequel sont un flacon et un verre.

SCÈNE V.

GODEFROY, DAGOBERT.

GODEFROY, *faisant signe à Dagobert.* Il me tardait d'être seul avec toi... ferme cette porte... et regarde si personne ne peut nous entendre...

DAGOBERT, *obéit, puis revient.* Qu'est-ce qu'il y a donc, monseigneur?..

GODEFROY. Il y a, mon vieux Dagobert... (*Se versant un verre de vin.*) Buvons d'abord le coup du matin... ça éclaircit les idées. (*Après avoir bu.*) Ça va mal...

DAGOBERT. Comment!.. est-ce que la fin du monde?..

GODEFROY, *brusquement.* Il est bien question de ça... (*Baissant la voix.*) Il est revenu...

DAGOBERT. Qui donc?..

GODEFROY. Ce jeune Raoul... qui avait suivi son oncle.

DAGOBERT. Et que l'on croyait mort avec lui?..

GODEFROY, *en confidence.* C'est moi, qui avais accrédité ce bruit... lorsque le vieux comte de Manny partit pour combattre les Sarrasins... je l'engageai à emmener son neveu avec lui! je m'étais aperçu de l'amour des deux enfans... et je me disais: ce jeune homme est plein d'ardeur... il se fera tuer à la première rencontre... ça ne peut pas manquer.... sa cousine le pleura.... c'est juste! se consolera.... c'est tout simple!... et j'en ferai la plus jolie petite baronne de Tancarville... d'autant que ses riches domaines touchent les miens, et se trouvent parfaitemeut à ma convenance.

DAGOBERT. Eh bien?..

GODEFROY, *se levant.* Eh bien! le maladroit ne s'est pas fait tuer!.. prisonnier des Arabes... après la mort de son oncle, il s'est échappé... il est en France, j'en suis sûr!..

DAGOBERT. Comment le savez-vous?

GODEFROY. Par mon receveur... des contributions.

DAGOBERT. Votre receveur?..

GODEFROY. Oui... le vieux Gontran... le chef de mes archers... qui battent le soir la campagne... et... (*Faisant le signe de rançonner le passant.*)

DAGOBERT. Ah! bien!.. bien!

GODEFROY. Cette nuit, ils ont arrêté un jeune homme qui refusait d'acquitter le péage. En un tour de main ils l'ont débarrassé de ce qu'il portait... et à ses dépouilles, qu'ils m'ont envoyées, j'ai reconnu Raoul lui-même...

DAGOBERT. Raoul!..

GODEFROY. Un sauf-conduit à son nom!.. un collier à ses armes... une lettre du vieux comte écrite au moment de sa mort.... et qui ordonne à sa fille d'épouser le cousin!.. ne m'ont laissé aucun doute.

DAGOBERT. Bonté divine ! qu'allez-vous faire ?

GODEFROY. Le gagner de vitesse... dans une heure, Blanche sera ma femme!..

DAGOEBRT. Si Raoul se présentait...

GODEFROY. Prévu!.. aucun étranger ne peut entrer dans le château, le premier qui l'essaierait, pendu aux créneaux de la tour.

DAGOBERT. C'est quelque chose ! mais cette lettre du comte.

GODEFROY. Elle servira pour moi...

DAGOBERT, étonné. Ah!..

GODEFROY, souriant. Ce n'est pas sans raison qu'on m'a surnommé Godefroy le Tricheur, et je défierais le plus vieux renard...

DAGOBERT. Je ne dis pas, monseigneur, c'est très ingénieux, mais est-il prudent d'employer de pareils moyens... lorsque le ciel semble irrité et que la fin du monde...

GODEFROY, riant. Que la peste t'étouffe, vieux coquin! tu y crois?

DAGOBERT, hésitant. Moi, du tout!.. mais il y a des gens que ça inquiète...

GODEFROY. Des poltrons!..

DAGOBERT. Il y en a beaucoup ! sans compter une foule de signes effrayans ! on ne quitte plus les églises... les hommes se donnent à tous les saints... les femmes se donneraient volontiers à tous les.... jusqu'à ma chaste moitié..... dame Honesta, la vertu même, qui se lamente d'avoir perdu sa jeunesse, qui se repent presque de m'avoir été fidèle... il y a quelque chose de disloqué dans la machine, monseigneur... et si vous retardiez votre mariage d'un jour...

GODEFROY, avec force. Pas d'une heure, pas d'une minute !..

DUO.

GODEFROY.

Non, non, non, non, Satan lui-même
Ne saurait effrayer mon cœur.

DAGOBERT, *d'un air dévot.*

Il faudrait, dans ce jour suprême,
Prier, apaiser le Seigneur.

GODEFROY.

Je me moque des prophéties !

DAGOBERT.

Nous avons fait bien des folies.

GODEFROY.

J'en veux faire dix fois autant.

DAGOBERT.

Le monde est si vieux.

GODEFROY.

    Et que m'importe ?
Regarde donc comme il se porte,
Comme le soleil est brillant !
 Quand je verrai sa lumière
 Sans nuage s'obscurcir,
 Lorsque la nature entière
 Cessera de reverdir !
 Quand s'éteindra dans mon âme
 Ce feu subit et divin
 Que lance un regard de femme
 Ou bien un flacon de vin ;
 Quand tu seras honnête homme !
 Alors, mon cher majordome,
  Je dirai :
  C'est la fin du monde !..
  Adieu, brune et blonde,
  Et j'y croirai !

DAGOBERT, *confondu.*

Ah ! quel homme !.. bon Dieu ! quel homme !

GODEFROY.

Ainsi crois-moi, cher majordome...

ENSEMBLE.

DAGOBERT, *les mains jointes.*	GODEFROY, *un verre à la main.*
Saint Polycarpe et saint Magloire,	Il faut aimer, chanter et boire,
Saint Christophe et saint Babolein,	Au diable soucis et chagrin,
Moi je chanterai votre gloire,	Jusqu'au bout perdons la mémoire.
Pour fléchir le courroux divin!	Entre l'amour et le bon vin.

DAGOBERT, *désolé.*

Mais vous ne croyez donc à rien ?

GODEFROY, *buvant.*

Si fait, parbleu, je crois très bien
Que tous les sermens sont frivoles,
Qu'on est trahi par son ami;
Je crois aussi que tu me voles...
Et qu'il fait jour en plein midi.

DAGOBERT.

Ah! quel homme!.. bon Dieu! quel homme!..

GODEFROY, *remplissant son verre.*

Oui, mon cher majordome.

ENSEMBLE.

DAGOBERT, *se signant.*	GODEFROY, *le verre en main.*
Saint Polycarpe et saint Magloire,	Il faut aimer, chanter et boire,
Saint Christophe et saint Babolein,	Au diable soucis et chagrin,
Moi je chanterai votre gloire	Jusqu'au bout perdons la mémoire
Pour fléchir le courroux divin.	Entre l'amour et le bon vin.

GODEFROY, *apercevant Blanche.* C'est ma pupille, silence,
(*Montrant le flacon, les verres.*) et enlève tout cela.

SCÈNE VI.

Les Mêmes, BLANCHE (de Mauny.)

BLANCHE, *timidement.* Monseigneur je me rends à vos ordres.

GODEFROY, *galamment.* Dites à ma prière, mon aimable
Blanche! mais que vois-je? encore des larmes ?

BLANCHE. Le souvenir de mon père!..

GODEFROY, *l'observant.* De lui seul?

BLANCHE, *baissant les yeux.* Les personnes de ma famille, qui ne sont plus, ont aussi droit à mes regrets, monseigneur.

DAGOBERT, *bas à Godefroy.* Et les cousins sont de la famille!

GODEFROY, *bas.* Silence! (*Haut.*) A Dieu ne plaise que je vous blâme, chère enfant .. mais deux années de larmes doivent satisfaire les parens les plus exigeans... et il est tems de vous choisir un époux.

BLANCHE, *vivement.* Je n'ai pas de vocation pour le mariage, monseigneur?

GODEFROY. Excuse de jeune fille.

BLANCHE. J'ai fait un vœu.

GODEFROY. L'église vous en relèvera...

BLANCHE. D'ailleurs, peut-on songer aux choses de ce monde, lorsque des bruits sinistres...

GODEFROY. Ils sont venus jusqu'à vous? rassurez-vous Blanche, il n'en est rien! par l'épée que je porte... le ciel y regarderait à deux fois avant d'en finir avec nous, tant qu'il y aura un Tancarville sur terre!.. ce sont clameurs de peuple et propos de Malandrins qui voudraient profiter de la frayeur générale pour s'introduire dans les châteaux, les piller... J'y ai mis bon ordre... (*Chnngeant de ton.*) Et en tout cas, s'il devait arriver un désastre....ce serait une raison pour se dépêcher d'être heureux.

BLANCHE, *émue.* Eh bien! monseigneur, puisqu'il faut vous parler franchement, je désire entrer dans un couvent, et je ne veux pas me marier.

GODEFROY, *avec impatience.* Il faudra pourtant vous y résigner Blanche.

BLANCHE, *inquiète.* Comment?

GODEFROY, *se reprenant.* Par respect pour les dernières volontés de votre père...

BLANCHE. De mon père!..

GODEFROY, *lentement et tirant un papier de sa ceinture.* Cet écrit était dans mes mains depuis longtemps... j'ai craint d'augmenter votre douleur.

BLANCHE, *vivement.* De lui? ah! donnez...

DAGOBERT, *bas.* C'est la lettre trouvée sur le cousin?

GODEFROY, *bas et lui faisant signe que oui.* Chut!

BLANCHE, *hésitant et à part.* Je tremble malgré moi! (*Musique douce et solennelle.*) Elle lit : « Ma fille chérie... (*Elle baise la* *lettre avec amour.*) Quand tu liras ces mots que je trace avec peine... tu n'auras plus de père... *(Elle lève les yeux au ciel.)* C'est à l'ami qui te les remettra... c'est à celui dont j'ai éprouvé le long attachement... que je lègue mon enfant, mon bien le plus cher! regarde-le comme ton époux, ma fille!..car c'est à lui que je t'unis en mourant... et... en vous bénissant tous deux !

Elle reste un moment comme anéantie.

GODEFROY, *après un silence.* Eh bien ?

BLANCHE, *d'une voix émue.* Il suffit, monseigneur... la volonté de mon père m'était sacrée de son vivant... elle me le sera plus encore après sa mort...

GODEFROY, *avec joie.* Vous consentez !

BLANCHE, *lui tendant la main.* Dès ce moment, je suis à vous... dès ce moment, je me regarde comme votre femme... et j'en remplirai les devoirs...

GODEFROY, *transporté et baisant sa main.* O bonheur!

DAGOBERT, *à part.* Diable d'homme! tout lui réussit.

GODEFROY à DAGOBERT.

RÉCITATIF.

Cours à l'instant préparer la chapelle!
(Montrant Blanche.)
    Qu'on apporte à ses pieds les plus riches présens ;
    Je vais hâter moi-même une union si belle,
(A Blanche.)
    Et reviens vous offrir ma main et mes sermens.

(Il sort suivi de Dagobert.)

SCENE VII.

BLANCHE seule.

Dès qu'ils sont partis elle se cache la figure et fond en larmes.

CANTABILE.

    C'en est donc fait, plus d'espérance,
    Tout vient, hélas! nous séparer ;
    Raoul, ami de mon enfance,
    N'ai plus le droit même de te pleurer.

CAVATINE.

Pauvre fiancée,
Loin de ta pensée
Chasse un nom si doux;
Déjà l'on apprête
Tes habits de fête

Pour un autre époux.
Jours de notre enfance,
Si purs et si beaux,
Votre souvenance
Vient doubler mes maux.
  J'entends sa voix,
  Raoul, je crois
  Que je te vois,
Quand sur la bruyère,
Ta course légère
Entraînait mes pas!
Ou lorsque mon père
Nous tendait les bras...
Et disait tout bas :
« Grandissez, enfans,
» Il viendra le temps
» Le temps des amours
» Pour vos heureux jours !
» Lors de ma vieillesse
» Serez les appuis...
» Raoul, ma tendresse
» Te dira mon fils!... »
Son fils!.. son fils!
Pauvre fiancée,
Loin de ta pensée,
Chasse un nom si doux!
Déjà l'on apprête
Tes habits de fête
Pour un autre époux!

SCENE VIII.

BLANCHE, BERTHE.

BERTHE, *accourant et avec mystère.* Madame, madame!

BLANCHE. Qu'est-ce donc, Berthe?

BERTHE. Une aventure bien singulière!.. j'étais à la petite fenêtre qui donne au pied de la tour... (*Montrant la droite.*) Parce que je connais quelqu'un qui s'y arrête quelquefois pour causer... et je vois un homme qui me faisait des signes...

BLANCHE. C'était Landry?

BERTHE. Du tout!.. c'était un autre... une espèce d'écuyer, de pélerin... en assez mauvais équipage... mais pâle, et de bonne mine... j'ai compris qu'il voulait me parler... et comme les gens de bonne mine on peut causer avec eux sans se compromettre... je lui ai fait signe d'approcher... je me doutais que c'était un amoureux, et je voulais l'entendre pour lui dire que je ne pouvais pas l'écouter!.. voilà qu'il ne me parle que de vous....

BLANCHE. De moi!..

BERTHE. Des bavardages à n'en plus finir... qu'il revient de la terre sainte!.. qu'il a une commission pour vous...

BLANCHE. Une commission pour moi?.. ah!.. les dernières paroles de Raoul qu'il a recueillies peut-être?.. vas vîte, Berthe, fais-le entrer... qu'il vienne!..

BERTHE. Impossible, madame... excepté le sous-prieur de Saint-Benoit, que l'on attend, nul étranger ne peut pénétrer dans le château...

BLANCHE. O Ciel!

BERTHE. D'ailleurs, je lui ai dit que vous n'aviez pas le tems... que vous alliez vous marier... Alors il est devenu plus pâle qu'un mort... il s'est appuyé contre un arbre... et j'ai vu de grosses larmes... ah! ça fait mal de voir pleurer un homme! moi, d'abord, je me connais... je ne peux pas y tenir... aussi, quand il m'a jeté cette bague, en me suppliant de vous amener à la petite fenêtre... je suis accourue tout de suite.

BLANCHE, *regardant la bague.* Une bague! ah! l'anneau que portait Raoul... que signifie...

On entend la ritournelle du morceau suivant.

BERTHE. Tenez, madame, l'entendez-vous? (*Montrant la fenêtre à droite.*) Il est là...

BALLADE.

RAOUL, *en-dehors, chantant d'abord très-fort.*

De la terre sainte
Je dis les exploits;

> Voici la complainte
> D'Ogier le Danois !
> Qu'il était heureux Ogier,
> Ogier, le bon chevalier !
> Il avait noble maîtresse,
> Des amis, de la richesse,
> Et puis son beau lévrier
> Qui suivait son destrier !

BLANCHE, *faisant un pas vers la fenêtre.* C'est la complainte d'Ogier, que nous chantions toujours ensemble.

RAOUL, *en-dehors, de sa voix naturelle et avec mystère.*

> Parlez bas,
> Parlez bas,
> Car là-haut sur la tourelle
> J'aperçois la sentinelle
> Qui de l'œil suit tous mes pas !
> L'arbalète
> Sur le bras,
> Il me guette,
> Parlez bas !

BLANCHE, *frappée et parlant.* Cette voix... (*Elle court près de la fenêtre.*) O mon Dieu ! ce balcon est fermé... Berthe... cherche donc la clé.

Berthe cherche pendant le couplet suivant.

RAOUL.

> Puis à son retour, Ogier,
> Ogier le bon chevalier,
> Avait perdu sa richesse,
> Ses amis et sa maitresse ;
> Mais son pauvre lévrier
> Seul suivait son destrier.

BLANCHE, *avec un cri de joie.* Plus de doute, c'est lui !... Eh bien ! Berthe, cette clé ?

BERTHE. Mon Dieu, madame, je ne sais ce qu'elle est devenue !

RAOUL, *de sa voix naturelle.*

> Parlez bas,
> Parlez bas,

Car là-haut sur la tourelle
J'aperçois la sentinelle
Qui de l'œil suit tous mes pas,
L'arbalète
Sur le bras,
Il me guette,
Parlez bas.

BLANCHE *et* BERTHE, *à mi-voix.*

Parlez bas,
Parlez bas,
Car là-haut sur la tourelle
J'aperçois la sentinelle
Qui de l'œil suit tous vos pas,
L'arbalète
Sous le bras,
Il vous guette,
Parlez bas.

BLANCHE, *hors d'elle.* Raoul ! il existe ! cette clé, Berthe !.. cette clé ?

BERTHE, *la trouvant enfin suspendue au mur, et ouvrant la fenêtre du balcon.* La voici !..

BLANCHE, *s'arrêtant.* Que vais-je faire ?.. ô mon Dieu !.. moi, l'épouse d'un autre !.. quand j'ai promis d'obéir à mon père... quand j'ai engagé ma foi...

BERTHE. Eh bien, madame ?

BLANCHE, *avec douleur.* Non... non... ce serait un crime !...

BERTHE. De le regarder une minute ? bah ! moi qui n'ai rien promis... (*Elle passe sur le balcon.*) Pauvre jeune homme... c'est qu'il est très bien !..

BLANCHE, *bas.* Il est là ?..

BERTHE. Oui, madame... un air distingué !..

BLANCHE. Il est bien triste ?

BERTHE. Ah ! il pousse des soupirs à fendre les rochers... (*Lui faisant signe de la main.*) C'est inutile !.. on ne peut rien pour vous, mon brave homme...

BLANCHE, *essuyant ses larmes.* Dis-lui de s'éloigner...

BERTHE, *continuant ses signes.* Oui, madame...

BLANCHE. Que je ne puis ni le voir, ni l'entendre...

BERTHE, *de même.* Allons... voilà qu'il se désespère... il court comme un furieux.... je suis sûre qu'il va se jeter dans le torrent...

BLANCHE. Ah! je n'y tiens plus... (*Elle va pour monter sur le balcon, le majordome parait au fond.*) Ciel! on vient.

BERTHE, *bas.* Silence!..

Elles referment vivement la fenêtre.

SCENE IX.

Les Mêmes, DAGOBERT, *suivi de quatre pages qui portent les présens destinés à la mariée dans deux coffres gothiques et aux armes du baron.*

DAGOBERT. Madame la baronne... voici les parures que monseigneur vous prie d'accepter!.. vos femmes vous attendent dans votre appartement.

BLANCHE, *à part, s'approchant encore du balcon.* Impossible de lui dire un dernier adieu...

DAGOBERT, *voyant la fenêtre et à Berthe.* Eh bien! petite fille... à quoi pensez-vous donc, laisser cette fenêtre ouverte?

BERTHE. C'est que mademoiselle voulait prendre l'air...

DAGOBERT. Prendre l'air au mois de janvier! (*La faisant passer du côté de sa maîtresse.*) Risquer d'enrhumer madame la baronne!... (*Il ferme la fenêtre et prend la clé.*)

BLANCHE, *bas.* Plus d'espoir... (*On entend du bruit derrière le théâtre. Haut et tressaillant.*) Qu'est-ce donc? ce bruit!..

DAGOBERT. Sans doute le sous-prieur de Saint-Benoit qui nous arrive... et votre toilette qui n'est pas commencée...

BLANCHE. Suis-moi, Berthe! (*A part.*) Ah! je ne croyais pas qu'il fut si difficile d'obéir à son père!..

Elle sort de côté, suivie de Berthe et des pages.

SCENE X.

DAGOBERT, LANDRY, *accourant, puis* le moine, ÉLOI et les vassaux, hommes et femmes, serfs.

LANDRY. Le voilà!.. le voilà!...

DAGOBERT, *regardant au fond.* Le père Cyrille? bon Dieu... quelle foule...

LANDRY. Dam! à son approche toute la population a quitté le travail en masse!.. on veut savoir à quoi s'en tenir sur la fin du monde... les esprits sont échauffés... si elle arrive, d'abord, il y aura un soulèvement! ..

DAGOBERT. Brutes que vous êtes! vous allez voir qu'il n'y a pas de danger... et ce bon père va vous rassurer... (*A part.*) Je ne serai pas fâché qu'il me rassure aussi, un peu, moi...

> Entre un moine vêtu de blanc, à large capuchon, barbe et cheveux blancs; il est entouré de serfs femmes et vassaux.

CHOEUR.

Moine blanc, mon père,
Du couvent sainte lumière!
Des cloches du monastère
Le bruit plaintif vient à nous,
Pourquoi cela, mon père?
Répondez-nous, répondez-nous!

LE MOINE, *les yeux au ciel.*

Hélas! hélas! prosternez-vous...
Pauvres et riches, priez tous.,
Priez Dieu de vous pardonner;
La dernière heure va sonner.

CHOEUR.

Mourir si jeunes,
Quelle rigueur!
Par la prière et par des jeûnes
Ne peut-on fléchir le Seigneur?

ÉLOI. Désolation!

LANDRY. Dans une heure!..

DAGOBERT. N'avoir pas le tems de se retourner!..

LE MOINE. Suspendez toutes fêtes!.. plus de plaisirs, plus de joies... repentez-vous! car, dans une heure, le monde va s'écouler... les gouffres éternels vont s'ouvrir!

SCENE XI.

Les Mêmes, GODEFROY.

GODEFROY. Qu'est-ce que j'entends là? (*Au moine d'un air sévère.*) Pour la première fois que nous nous voyons, moine, vous tournez la cervelle à ces pauvres gens... vous les effrayez.

LE MOINE. J'ai dit la vérité! dans une heure, ce monde n'existera plus...

GODEFROY. Tu mens, moine!..

LE MOINE. Mon fils!...

GODEFROY. Je ne suis pas ton fils...

LE MOINE. Mon frère...

GODEFROY. Je ne suis pas ton frère... belle parenté, ma foi, un tas de fourbes.... d'imposteurs... qui ne vivent que de mensonges... et qu'on devrait pendre par douzaines, pour le bien du pays.

DAGOBERT. Oh! monseigneur... un vieillard...

GODEFROY. Raison de plus... il en a fait bien d'autres... (*Au moine.*) Ecoute ici, frocard! je t'ai fait venir pour un mariage... rien de plus ; ainsi retiens ta langue et prépare-toi à nous bénir.

LE MOINE. Un mariage... quand vous ne devez songer qu'à votre salut.

GODEFROY. C'est pour cela...

LE MOINE, Exciter la colère divine... je m'y oppose... je le défens... et je lancerais les foudres de l'église contre celui qui commettrait un pareil sacrilége...

GODEFROY, *s'échauffant.* Par la messe!... tu nous béniras...

LE MOINE. Jamais!..

GODEFROY, *furieux.* Tu nous béniras... ou je te fais griller comme un saint Laurent.

TOUS, *intercédant.* Monseigneur.

DAGOBERT, *bas.* Prenez garde! le ciel est si rancunier...

GODEFROY, *avec emportement.* Au diable!.. (*Regardant le moine et à part.*) je me défie du vieux caffard... il a peut-être été gagné pour retarder mon mariage... (*Au moine.*) Moine, puisque tu es chez moi... tu n'en sortiras plus...

LE MOINE, *à part.* C'est tout ce que je demande...

GGDEFROY. Tu n'en sortiras plus que tu ne m'ayes marié...

LE MOINE, *à part.* Pour celui-là... je t'en défie.

GODEFROY, *à ses gens.* Que les portes du château soient fermées... (*A Dagobert.*) Faites allumer la chapelle... je cours rassembler ma maison... mettre mon habit de gala... à midi précis... moine, je reviens te chercher!..

LE MOINE, *froidement.* A midi, vous rendrez compte à Dieu de vos péchés.

GODEFROY. C'est mon affaire... (*Appelant.*) Hola, le capitaine de mes hommes d'armes!.. (*Un officier s'avance, lui mon-*

trant le moine.) Ne le perds pas de vue... ne le quitte pas d'une minute... s'il tentait de s'évader... frappe-le sans pitié.

TOUS, *murmurant entr'eux.* Ah!.. un prêtre!

GODEFROY, *à ses vassaux.* Et vous, rustres... qui tremblez!.. pour vous donner du cœur... je vous ouvre mes celliers!.. courez, défoncez les futailles... vuidez mes caves, buvez à mon mariage!.. soyez gais, je le veux... je l'ordonne... le premier visage triste que je rencontre... je le fais pendre comme rebelle!..

ÉLOY, *qui était sérieux se mettant à rire tout à coup.* Ah! ah! ah!.. ça sera bien fait.

LANDRY. Tiens!.. moi, qui ne me suis jamais grisé... voilà une occasion...

ÉLOY, *bas.* Tu aurais le courage de boire!..

LANDRY. *bas.* Pardi! et toi aussi... rien n'altère comme la peur...

GODEFROY. Obéissez!..

LANDRY, *à ses camarades.* Au cellier!..

TOUS, *poussant un hourra et suivant Landry.* Au cellier!..

DAGOBERT, *à part.* Ils vont tout boire... les misérables!.. nos meilleurs vins!.. Ah! c'est le commencement de la fin...

> Godefroy sort suivi de Dagobert et de quelques hommes d'armes, Éloy, Landry, les vassaux et les serfs sortent en désordre et du côté opposé.

SCENE XII.

Le moine, l'Homme-d'armes, *se promenant au fond, puis* BLANCHE *en mariée.*

LE MOINE, *à part en rejetant uu peu son capuchon.* Me voilà introduit! je n'osais l'espérer... et sans ce bon frère quêteur qui venait annoncer que le sous-prieur de Saint-Benoit était malade. . et qui m'a donné les moyens de pénétrer à sa place!.. mais que faire maintenant? je suis sans armes, et au moindre soupçon, le baron est capable de tout... comment m'approcher de Blanche?.. comment savoir si le pauvre Raoul n'est pas tout-à-fait oublié?.. (*Apercevant Blanche.*) C'est elle! ah!.. (*S'arrêtant tout à coup.*) Prenons garde... (*Regardant le capitaine.*) Cet homme qui ne me quitte pas des yeux... si je me fais connaître sa joie peut la trahir... et c'est fait de nous...

Il rabat un peu son capuchon.

BLANCHE, *entrant.* Ah! mon père... ce qu'on vient de m'apprendre est-il possible?

LE MOINE. Il n'est que trop vrai, ma fille... malgré les railleries de sire Godefroy... ce jour n'aura pas de lendemain.

BLANCHE, *avec joie.* En êtes-vous bien sur?.. ne me trompez-vous pas?

LE MOINE. Vous vous en réjouissez?

BLANCHE. Oui... seule peut-être... au milieu de l'effroi général...

LE MOINE. Vous êtes donc malheureuse?

BLANCHE. Oh! bien malheureuse... (*Baissant la voix.*) Et bien coupable...

LE MOINE. Vous?

BLANCHE, *avec agitation.* Oui... oui, mon père... oh! de grâce écoutez-moi... ou mon âme est perdue!..

LE MOINE. Parlez, ma fille... (*Regardant l'homme d'armes qui les observe.*) Les ordres du baron ne me défendent pas de consoler les affligés!..

BLANCHE, *à mi-voix et après un silence.* Eh bien, cette destruction du monde... que j'appelais de tous mes vœux... je la redoute cependant pour quelqu'un... je tremble...

LE MOINE. Pour votre futur époux...

BLANCHE, *baissant les yeux.* Non, mon père .. pas pour lui! pour un autre!..

LE MOINE, *avec joie.* Qu'entends-je? pour un autre!..

BLANCHE, timidement.

NOCTURNE.

Lorsque, sur la rive étrangère,
Il combattait avec mon père,
C'était pour lui que je priais!
Lorsque, dans ma douleur amère,
Leur mort vint doubler mes regrets,
Sans m'en douter, long-temps après,
C'était Raoul que je pleurais!

LE MOINE, avec joie.

Raoul!

BLANCHE , *baissant les yeux.*

Pardonnez-moi, je me trompais...
Mais en croyant pleurer mon père,
C'était Raoul que je pleurais.

ENSEMBLE , *à part.*

Dieux ! quelle ivresse
Vient me saisir !
Au souvenir
De sa tendresse
Je sens mon cœur frémir
De joie et de plaisir...
Quel délire en mon ame,
D'une nouvelle coupable flamme
Je me sens tressaillir !

(En ce moment, ils aperçoivent l'homme-d'armes qui redescend la scène à gauche en les observant, ils reprennent plus doucement et toujours à part.)

TOUS DEUX.

Mais silence
Et prudence,
Des yeux jaloux
Veillent sur nous !
On nous écoute, on nous regarde,
Ah ! prenons garde...
Taisons-nous !
Taisons-nous !

LE MOINE , *voyant que l'homme-d'armes s'éloigne.*

Ouvrez votre âme à l'espérance,
L'unique ami de votre enfance
Raoul n'a point perdu le jour !
La mort respecta sa vaillance,
Le ciel protégea son retour !..
Il vient défendre en ce séjour
Son bien, sa vie et son amour.

BLANCHE , *avec un cri de joie.*

Comment !

LE MOINE.

Rassurez-vous, car en ce jour
Il a pour appui sa constance,
Le ciel, son bras et votre amour.

ENSEMBLE, *à part.*

Dieux ! quelle ivresse
Vient me saisir !
Au souvenir
De sa tendresse
Je sens mon cœur frémir
De joie et de plaisir !
Quel délire en mon âme,
D'une nouvelle flamme
Je me sens tressaillir !

Ils aperçoivent l'homme-d'armes près d'eux à droite, ils s'arrêtent tout-à-coup.

TOUS DEUX, *plus doucement.*

Mais silence
Et prudence, etc.

(*Même jeu.*)

BLANCHE, *éperdue et tremblante.* Qu'avez-vous dit, mon Dieu !.. Raoul ?..

LE MOINE, *bas.* Il est dans ce château.

BLANCHE. Lui !..

LE MOINE. Et s'il pouvait vous parler un seul instant...

BLANCHE. Lui parler ! oh ! non... je ne dois pas le voir, je ne le verrai pas ! (*Timidement.*) Et où est-il donc ?..

LE MOINE. Dans la galerie qui mène à la chapelle.

BLANCHE. Dans la galerie !.. je n'irai pas !.. je n'irai pas !.. ce serait un péché horrible !.. (*A part.*) Et pourtant le voir, lui... encore une fois, avant de mourir.

Elle fait un pas.

LE MOINE. Eh bien ! (*Apercevant l'homme-d'armes entr'eux.*) Eh bien ! ma fille..: vous ne me demandez pas le pardon de vos fautes.

BLANCHE, *timidement et jetant un regard du côté de la chapelle.* Pas encore, mon père, vous m'avez dit que nous avions une heure à vivre !.. d'ici là... je me souviendrai peut-être de quelque nouveau péché... dont je pourrai m'accuser et vous demander pardon !...

Elle fait un pas pour s'éloigner.

LE MOINE, *suivant de l'œil l'homme-d'armes et toujours prêt à se nommer.* Ah !.. je n'y résiste plus !..

BLANCHE, *voyant le baron.* Ciel!.. le baron!.. (*Elle s'arrête, à part.*) Je ne le verrai plus!..

Elle s'appuie tremblante contre le fauteuil.

LE MOINE, *rabaissant son capuchon.* On vient!.. je n'ai plus qu'un espoir... et si les savans d'Orient ne m'ont point trompé dans le calcul du prodige qui se prépare!.. attention!..

Il se perd dans la foule qui entre.

SCENE XIII.

Les Mêmes, GODEFROY, DAGOBERT, BERTHE, Pages, Hommes-d'armes, suite.

MORCEAU D'ENSEMBLE.

Qu'une joyeuse ivresse
Se répande en ces lieux,
Amour, bonheur, tendresse,
Vont couronner leurs vœux.

GODEFROY, *prenant la main de Blanche.*

O ma Blanche fidèle!

BLANCHE, *regardant le moine.*

Ah! quel destin affreux!

GODEFROY.

Partons pour la chapelle.

LE MOINE, *paraissant au milieu d'eux.*

Arrêtez, malheureux!

TOUS.

Encor lui!

GODEFROY.

Téméraire!

LE MOINE, *avec force.*

Vous avez méprisé ma voix!
Et de Dieu vous avez soulevé la colère
Pour la dernière fois!..

(*Montrant le fond et l'obscurité qui se répand peu à peu sur le théâtre.*)

Voyez... le ciel pâlit!

TOUS, *avec crainte.*

Le ciel pâlit.

LE MOINE.

L'onde mugit.

TOUS.

L'onde mugit.

LE MOINE.

Et déjà les ténèbres
Et leurs voiles funèbres
Se répandent sur nous.

TOUS.

O prodige !

LE MOINE, *élevant la voix.*

A genoux !
Anathême sur vous !

GODEFROY *et* LE CHOEUR.

O prodige, ô terreur !
L'effroi s'empare de mon cœur.

BLANCHE.

O prodige, ô bonheur !
Ce jour deviendra mon sauveur !

TOUS.

Contre nous le ciel irrité
Vient nous frapper d'obscurité.

(*On entend gronder le tonnerre.*)

CHOEUR DE FEMMES, *à genoux entourant le moine.*

Homme de Dieu, priez pour nous,
Du ciel désarmez le courroux !
Vierge Marie,
Sainte chérie,
Veillez sur nous,
Priez pour nous.

GODEFROY, *furieux.*

C'est un horrible sortilège,
Dans mes fossés, oui, qu'à l'instant,
On jette ce moine insolent.

DAGOBERT.

Quel sacrilége !

TOUS, *à genoux.*

Homme de Dieu, priez pour nous !
Du ciel désarmez le courroux.
Vierge Marie,
Sainte chérie,

Veillez sur nous,
Priez pour nous !
GODEFROY , *tremblant.*
Ah ! ah ! l'effroi me trouble !
Pardon , mon Dieu, pardon !

DAGOBERT.
L'obscurité redouble ,
Pardon , mon Dieu , pardon !

TOUS, *à genoux et semblant se confesser les uns aux autres.*
Pardon , pardon !
Donnez-nous l'absolution !

GODEFROY , *écoutant.*
Quelles clameurs soudaines !

LE MOINE.
Ce sont tes serfs ivres de vin ,
Qui pour jamais brisent leurs chaînes !

GODEFROY.
Oh ! les ingrats !

DAGOBERT , *se frappant la poitrine.*
Triste destin !

SCENE XIV.

Les Mêmes, LANDRY , ELOI , Serfs.

(Ils ont des flambeaux et des brocs à la main. Ils placent des torches sur la table et continuent à boire en s'excitant les uns les autres.)

LANDRY , *le verre en main.*

A bas la corvée,
Pour nous plus d'affront !
L'heure est arrivée
De lever le front !
Je ris de mon maître
Et de son effroi,
Cette nuit doit être
Mon aurore à moi !
Cette heure est féconde
Pour l'égalité ;
Car la fin du monde
C'est la liberté,

CHOEUR BACHIQUE.

Cette heure est féconde
Pour l'égalité,
Car la fin du monde
C'est la liberté !

LANDRY.

De vous j'ose attendre
Une illustre fin ;
Au noble il faut prendre
Sa place et son vin !
Qu'une orgie étrange
Mêle tous les rangs,
Que la mort nous change
Tous en bons vivans !
Cette heure est féconde
Pour l'égalité,
Car la fin du monde
C'est la liberté !

CHOEUR.

Oui, la fin du monde
C'est la liberté.

DAGOBERT.

Taisez-vous !

ÉLOI, *à Landry*

Tais-toi donc... Dieux !
A-t-il le vin courageux !

LANDRY, *échauffé par le vin.*

Me taire, moi !.. que le ciel gronde,
Je garde ma gaîté...
C'est la fin du monde,
C'est la liberté !
(Apercevant Berthe.) C'est toi, ma Berthe !

BERTHE, *se sauvant.*

Finis donc !

LANDRY, *la saisissant.*

Que je t'embrasse !

DAGOBERT.

Quelle audace !

LANDRY, *embrassant Berthe à plusieurs reprises.*

Dix fois !.. vingt fois !..

BERTHE, *se défendant.*

Landry !

DAGOBERT.

Double larron !

LANDRY, *embrassant toujours Berthe.*

C'est la fin du monde,
C'est la liberté !

DAGOBERT, *levant le fouet sur lui.*

Que le ciel confonde
Ta témérité !   (*Berthe se sauve et disparait.*)

LANDRY, *arrachant le fouet des mains de Dagobert.*

Halte là, s'il vous plaît !
Je veux voir si mon poignet
Vaut le vôtre.   (*Il lui donne des coups d'étrivières.*)

DAGOBERT, *criant.*

Ah ! ah ! ah ! ah !

LANDRY, *frappant encore.*

Chacun son tour !

CHŒUR, *riant.*   DAGOBERT, *criant.*

Ah ! ah ! ah ! ah !   Ah ! ah ! ah ! ah !

LANDRY, *se moquant.*

Comment trouvez-vous cela ?

GODEFROY.

Insolent ! devant ton maître...

LANDRY, *avec force.*

Nous n'avons plus de maître.

GODEFROY, *tirant son épée.*

Je vais t'apprendre à le connaître.

Les serfs l'entourent et lui arrachent son épée.

TOUS.

A bas ! à bas !

GODEFROY, *furieux.*

A moi, vassaux !

TOUS, *l'entourant.*

A bas ! à bas !
Plus de vassaux ! plus de soldats !

GODEFROY, *éperdu.*

Tout me trahit !

TOUS.

A bas ! à bas !

LE MOINE , *montrant le baron, qui à chaque mot recule épouvanté.*

Sacrilège ! impie !
C'est lui qui vous perd !
Lucifer,
Dans sa furie,
Le réclame pour l'enfer !

GODEFROY , *exténué et se soutenant à peine.*

Ecoutez... plus d'espoir.

BLANCHE , *à part.*

Cher Raoul... un instant... si je puis te revoir !

ENSEMBLE.

LE MOINE *et* LE CHŒUR GÉNÉRAL , *accablant Godefroy et le montrant au doigt.*

Sacrilège ! impie !
C'est lui qui ${nous \atop vous}$ perd,
Lucifer,
Dans sa furie,
Te réclame pour l'enfer...
En enfer !.. en enfer !

GODEFROY, *reculant toujours et finissant par tomber dans son fauteuil.*

Quoi !.. perdre la vie !
Descendre en enfer !..
Lucifer,
Dans sa furie,
Me réclame pour l'enfer !
Avec désespoir. En enfer !.. en enfer !

BLANCHE , *à part.*

Ah ! dans mon cœur... quel doux espoir !
Raoul !.. Raoul !.. je vais donc te revoir !

À la fin de cet ensemble, les vassaux et les femmes sortent en désordre, le moine baisse son capuchon et suit de loin Blanche qui s'esquive à la dérobée. Godefroy est d'un côté pâle et haletant, étendu dans son fauteuil ; Dagobert, près de lui , sur un escabeau, la tête cachée dans ses mains. Landry, Eloi et deux autres serfs sont restés à boire et assis à la table.

SCENE XV.

GODEFROY, DAGOBERT, LANDRY, ÉLOI et deux autres
Serfs.

GODEFROY, *d'un coté*. J'étouffe !

DAGOBERT, *de l'autre*. Je suffoque !

GODEFROY. Mourir ainsi !

DAGOBERT. Quand j'étais en train d'arrondir ma petite fortune.

LANDRY, *buvant*. Aux dépens de ton maître, vieux coquin !

DAGOBERT. Silence, serf !..

ÉLOI, *bas*. Prends donc garde !.. si nous en réchappions !..

LANDRY. Qu'est-ce que ça me fait ?.. je jouis de mon reste...
je veux leur dire leurs vérités !.. (*A Dagobert.*) Toi, majordome, tu n'étais qu'un hypocrite, un flatteur aussi lâche que
cruel... ah ! ah !.. tu vas être bien attrapé... tu ne pourras plus
te mettre à plat-ventre.

GODEFROY. Misérable !

LANDRY, *à Godefroy*. Toi, noble sire, tu ne valais pas mieux...
tu faisais le fanfaron... et maintenant te voilà prêt à te donner à
Dieu, quand le diable ne veut plus de toi.

GODEFROY, *sur son séant*. Vil esclave !.. si nous ne devions
pas tous mourir, je te ferais pendre.

LANDRY, *avec ironie*. Pendre !.. moi !.. ah ! je vais aller bien
plus haut que ça... allons, courage, mes braves, sautons le pas
ensemble !.. sans sourciller... à votre santé !

Il boit.

DAGOBERT. Infâme parpayot !

ÉLOI, *bas*. Maître Dagobert, ne me confondez pas...

DAGOBERT, *d'un ton cagot*. J'en suis persuadé, mon pauvre
Éloi... aussi, je te demande pardon des cent coups de fouet d'a-
vant hier...

ÉLOI, *de même*. Ah ! maître Dagobert... je ne les avais que trop
mérités... c'est moi qui vous avais volé votre escarcelle.

DAGOBERT. Comment ! misérable... rends-la moi.... tout de
suite....

ÉLOI. Je ne peux pas... nous l'avons bue avec les camarades.

DAGOBERT, *furieux*. Scélérat ! coquin ! Je te le pardonnerai
jamais. (*Grand coups de tonnerre qui casse quelques vitraux;*

retombant à genoux.) Ah! mon Dieu! pardonnez-nous comme nous pardonnons.

GODEFROY, *s'agitant.* J'étouffe!.. j'étouffe!.. un feu intérieur qui me dévore!..

LANDRY, *tranquillement.* C'est l'enfer qui s'empare déjà de son bien.

GODEFROY. Une soif ardente!.. Dagobert, un verre d'eau.

DAGOBERT, *éperdu, brusquement.* Allez-vous promener... j'ai bien letemps! ce sont vos déréglemens qui nous ont perdus! je vous maudis!.. (*A part.*) Courons mettre en sûreté ce que j'ai de plus précieux.

Il sort.

GODEFROY. Lui aussi!.. (*Aux serfs.*) Mes amis, par pitié!

ÉLOI. Au diable!

LANDRY *et les autres.* Chacun pour soi.

ÉLOI, *à part.* Courons-nous cacher dans un coin.

LANDRY *et les autres.* Courons enfoncer les autres caves!..

Ils sortent, il ne reste qu'une torche allumée sur la table.

SCENE XVI.

GODEFROY, LANDRY, *au fond.*

GODEFROY. Ils m'abandonnent tous!.. oh! mon Dieu!... par pitié, un peu d'eau... un peu d'eau!.

LANDRY, *prêt à partir.* Pauvre homme!.. il me fait mal... (*Prenant un verre d'eau. à une petite fontaine au fond.*) Soyons plus humain que lui!.. tenez, messire Godefroy, voilà un verre d'eau...

GODEFROY, *se jetant dessus.* Ah!

LANDRY. Je le donne, non à un maître qui commande, mais à un homme qui souffre... (*Pendant que le baron boit.*) Après tout, je ne peux pas oublier que j'ai dormi sous votre toit et que j'ai mangé votre pain!..

GODEFROY. Merci... merci... mon bon Landry... ce généreux service ne restera pas sans récompense!... mets-toi à genoux.

LANDRY. Pourquoi faire?

GODEFROY. Mets-toi à genoux, te dis-je! (*Landry se met à genoux machinalement; Godefroy étendant les mains sur sa tête.*) Je t'affranchis... je te donne la liberté.

LANDRY. Qu'est-ce que vous voulez que j'en fasse, à présent.

GODEFROY. Ce que tu voudras!.. tâche de vivre longtemps... d'avoir des enfans qui te ressemblent!.. ah! je n'y suis plus.

LANDRY. Il est joli, votre cadeau! (*Se relevant.*) Enfin, c'est égal... je vous remercie de l'intention. (*A lui-même.*) Qu'est-ce que je vais faire de ma liberté?.. pour dix minutes peut-être! (*Frappé d'un souvenir.*) Oh! quelle idée!.. tandis que je m'enivrais au cellier, je me rappelle qu'au milieu de l'obscurité, j'ai entendu une petite voix qui me disait à l'oreille : Voici la fin du monde, Landry...ta petite Berthe t'attendra dans l'oratoire Saint-André pour te faire ses adieux! (*Se frottant les mains.*) J'ai envie d'y aller... tiens!.. je suis libre!.. j'y vais...et pour que personne ne me voie...

Il éteint la torche qui est sur la table.

GODEFROY, *effrayé de l'obscurité.* Qu'est-ce que c'est que ça?

LANDRY, *à mi-voix.* Bonne nuit, monseigneur!

Il sort.

SCÈNE XVII.

GODEFROY, LE MOINE.

GODEFROY, *d'abord seul.* Il s'éloigne aussi!..ah! c'est affreux de mourir seul... abandonné, sans secours... pas même un prêtre!

LE MOINE, *derrière son fauteuil.* Me voici!

GODEFROY, *tressaillant.* C'est vous, mon père!.. ah! venez, venez à mon aide.

LE MOINE. Ah! ah! tu ne railles plus?... on dirait que tu trembles!

GODEFROY. Je l'avoue! moi qui ne craindrais pas dix chevavaliers... (*Avec honte et baissant la voix.*) J'ai peur du diable!

LE MOINE, *avec ironie.* Pourquoi donc? tu as tant fait pour lui, qu'il doit te traiter en ami!..

GODEFROY. C'est ce qui me fait frémir... et mon âme...

LE MOINE, *d'une voix creuse.* Appartient à l'enfer!

GODEFROY, *épouvanté.* A l'enfer!

LE MOINE Songe à ta vie passée...cette vie de débauches, de pillages et de mensonges!.. qui n'as-tu pas trompé? Tu n'as plus qu'un moyen de te réconcilier avec le ciel... donne tes biens au clergé.

GODEFROY, *étonné.* A quoi bon, puisqu'il part avec nous?

LE MOINE. C'est égal... cette œuvre sera agréable à Dieu.

GODEFROY. Oh! les maudits moines!.. ils ont déjà un pied là-haut... qu'ils veulent encore en avoir deux sur la terre.

LE MOINE. Tu n'as plus qu'un instant...

GODEFROY, *éperdu.* Quoi! tous mes biens ?...

LE MOINE. Ton château, tes domaines, tes serfs, tes hommes d'armes, tout! (*Lui montrant un parchemin.*) Voici l'acte préparé... tu n'as qu'à faire ta croix.

GODEFROY. Me dépouiller!

LE MOINE. L'heure approche!

GODEFROY, *avec effort.* Jamais!.. jamais!.. si je meurs... je veux tout emporter... (*On entend un bruit éclatant de trompettes et de clairons derrière le théâtre.*) Qu'est-ce donc?

LE MOINE, *d'une voix forte.* La trompette du jugement dernier!.. et le feu éternel...

GODEFROY, *effrayé et courant à la table.* Miséricorde, mon père! je signe! je signe!.. prenez tout.

Il fait une croix avec son poignard sur le parchemin.

LE MOINE, *à part.* A merveille! c'est ma compagnie d'archers à qui j'avais donné rendez-vous sous les murs du château...

GODEFROY, *lui donnant le parchemin.* Tenez... tenez...

LE MOINE, *lentement.* C'est bien... et maintenant, si un miracle nous sauvait!.. il te resterait du moins la conscience d'avoir fait ton devoir.

Il disparait

SCENE XVIII.

GODEFROY, *seul, le jour reparait peu à peu.* Qu'est-ce qu'il dit donc? si un miracle nous sauvait!.. j'espère bien que nous allons tous mourir... je compte là-dessus... sans cela!.. (*Regardant autour de lui.*) Eh! mais, je ne me trompe pas... le jour est revenu... le soleil reparait plus brillant que jamais... (*Se levant.*) Moi-même, il me semble que mes forces... qu'est-ce que cela signifie? je veux savoir...

SCENE XIX.

GODEFROY, BERTHE.

BERTHE, *accourant.* Monseigneur! monseigneur!

GODEFROY, *effrayé.* Qu'y a-t-il?

BERTHE. Rassurez-vous... la fin du monde n'aura pas lieu...

GODEFROY. Comment?

BERTHE. Non, c'est remis.

GODEFROY. Que dis-tu? les prédictions de saint Jean...

BERTHE. Il paraît qu'il s'était trompé dans l'addition... de nouveaux calculs ont été faits... et nous avons un peu de répit... la fin du monde n'arrivera que le premier juillet, 1837... mais cette fois, c'est positif. *

GODEFROY. A la bonne heure! nous avons le temps!.. ça regardera ceux qui s'y trouveront!.. je disais bien que ces imbéciles avaient tort de s'effrayer... mais cette nuit profonde en plein jour?..

BERTHE. Ah! dam! je n'y entends rien, moi... mais il paraît que c'est une espèce de... comme qui dirait quelque chose qui se promène là-haut... et qui bouche le soleil... enfin, un phénomène très connu en Palestine, comme nous l'expliquaient de braves archers du roi, revenus de la Terre-Sainte.

GODEFROY. Des archers du roi!

BERTHE. Une compagnie superbe, commandée par messire Raoül, qui vient d'arriver.

GODEFROY. Raoul!.. je ne veux pas qu'il entre chez moi.

BERTHE. Ah! bien... il s'est fait ouvrir les portes d'autorité.

GODEFROY. Morbleu!

BERTHE. Et le voici! regardez comme il a bonne mine.

GODEFROY, *furieux.* Il ne me manquait plus que ça!

* A la représentation, l'actrice devra changer cette date, et lui substituer toujours le *lendemain* du jour de chaque représentation.

SCENE XX.

Les Mêmes, RAOUL, *en chevalier*, ÉLOY, BLANCHE, DA-
GOBERT, Hommes-d'armes, Archers, Vassaux, Serfs,
(Hommes et Femmes.)

FINAL.

CHOEUR GÉNÉRAL.

Au bruit des fanfares guerrières,
Eloign$_{ez}^{ons}$ de vaines terreurs.
Le soleil luit sur $_{vos}^{nos}$ bannières,
Et la paix rentre dans nos cœurs.

RAOUL.

Blanche !

BLANCHE.

Raoul !

TOUS DEUX.

Je te revoi !

GODEFROY.

Me braver jusque chez moi !

RAOUL, *aux vassaux.*

Amis, pour chasser votre effroi,
Montrant Blanche, qu'il tient par la main.
A ma noce je vous convie !

GODEFROY.

Sa noce !.. voici du nouveau.

RAOUL.

Voyez, que ma femme est jolie !

GODEFROY.

Tout beau, chevalier, tout beau !
Votre femme ?..

RAOUL.

Oui vraiment.

GODEFROY.

Celui-là serait plaisant ;
J'ai des droits.

RAOUL, *souriant.*

Je le crois ;
Mais les miens
Sont plus anciens :

Montrant la lettre du père qui était restée entre les mains de Blanche.

La lettre de son père !

GODEFROY, *à ses hommes-d'armes.*

Qu'entends-je !.. à moi, soldats !

RAOUL, *aux mêmes.*

Ne bougez pas !
Je voüs l'ordonne.

Les soldats laissent tomber leurs piques en signe d'obéissance.

GODEFROY, *confondu.*

O ciel ! personne !

RAOUL.

C'est qu'ici vous n'êtes plus rien.

GODEFROY.

Plus rien !

RAOUL.

Au couvent vous avez donné tout votre bien.

GODEFROY.
Mon bien !

RAOUL, *montrant le parchemin.*

Hommes-d'armes et châteaux,
Serfs, domaines et vassaux,
Et je viens en son nom
En prendre possession.

GODEFROY, *hors de lui.*
Ah ! misérable !

Moine exécrable !
C'était le diable
Qui me poussait.

CHOEUR.

Oh ! le bon tour, comme il enrage !
De son vivant donner son héritage.
Bas.   Il étouffé en secret ,
C'est bien fait ! c'est bien fait !

GODEFROY.

Il ne me reste donc plus rien ?

RAOUL, *souriant.*

Mais on peut s'arranger, et j'en sais un moyen.

GODEFROY.

Comment?

RAOUL , *de même.*

Ce moine est charitable ;
Au fond c'est un assez bon diable !
Sa femme, il la reprend ;
Montrant l'acte.   Vos biens, il vous les rend.

GODEFROY, *vivement.*

C'était lui !.. je les prends.

Faisant passer Blanche prés de Raoul.

Et jamais je n'ai fait une meilleure affaire.   *Il déchire l'acte.*

CHOEUR.

O jour prospère !
Heureux instans !

DAGOBERT, *à part, regardant Godefroy.*

Ah ! diable... il est riche à présent.
Haut.   Noble seigneur... mon dévoûment...

GODEFROY , *sèchement.*

Toi, pour m'avoir trahi ,
Vieux coquin, je te chasse,
Et je donne ta place
Voyant Landy qui est entré.
A ce brave Landry.

SCENE XXI.

Les Mêmes, LANDRY.

LANDRY, *gaiment.*

J'accepte et grand merci !
Puisque le monde est encor bien portant,

A Berthe, d'un air d'intelligence.

Je t'épouse maintenant.

A mi-voix en souriant.

Rends-moi seulement
Mon anneau d'argent.

BERTHE, *étonnée.*

Quel anneau d'argent ?

LANDRY, *de même.*

Celui que dans l'oratoire
Je t'ai donné...

BERTHE.

Quelle histoire !

DAGOBERT, *à Landry.*

Un anneau d'argent ?

Lui en présentant un : Celui-ci probablement.

LANDRY, *étonné.*

D'où l'avez-vous ?

DAGOBERT.

C'est ma femme
Qui l'a trouvé, la bonne dame !
Dans l'oratoire Saint-André,
Où tu l'as sans doute égaré.

LANDRY, *stupéfait.*

Sa femme... hein ? quoi ! c'était sa femme !

BERTHE.

Que disais-tu ?

LANDRY, *confus.*

Rien... un rêve... (*A part.*) Ah ! si je l'avais su !

CHŒUR GÉNÉRAL.

Qu'ici tout nous seconde,
Chantons ce joyeux refrain :
Après nous la fin du monde,
Et nargue du lendemain.

FIN.

9 782019 908621